붉은 무지개

이 도서의 국립중앙도서관 출판예정도서목록(CIP)은 서지정보유통지원시스템 홈페이지(http://seoji.nl.go.kr)와 국가자료종합목록 구축시스템(http://kolis-net.nl.go.kr)에서 이용하실 수 있습니다.

(CIP제어번호 : CIP2019025879)

지혜사랑 203

붉은 무지개

홍윤표

지혜

시인의 말

시를 쓴다는 것은
자랑스러운 일입니다.
남보다 세상보는 눈이 다르고
감흥과 심리적 욕구를 다르게
느끼기 때문입니다.

일생동안 인생을 거울삼아
이 시대를 영위하는 날까지
시를 쓰려고 노력합니다.

1979년, 시력 40년이자 고희를 맞으며
2019충남문화재단 전문창작예술사업에
선정됨을 기쁘게 생각합니다.

내일도 좋은 시를 쓰고자
열성을 다 하겠습니다
2016년 이 시대의 문학인 선정시집
『당진시인』에 이어 14번째 시집입니다

누구든 손안에 잡히는
시집이고 싶습니다.
감사합니다^^

2019년 초여름
南山書齋에서 홍윤표

차례

2부 공간은 빛이다

3부 어머니의 바다

4부 섬은 도구다

1부

붉은 무지개

가압류

죽을 수 없어 버팅기다가
가압류나 가처분이란
덜미에 잡히면 무섭다는 생각이
화산처럼 불꽃이 한층 솟는다

나약한 힘으로 안길 수 없고
등에다 질 수없는 고차원적 무거운 짐짝들
자물쇠를 풀어보자
그래도 말 한 마디 풀 수 있고 가둘 수 있어
꼼짝 못하게 목을 꽁꽁 동여 맨
세상의 물건들이 있으니 애석하다

백지 한 장에 옴짝달싹 못하는 사업장
한랭한 지상에서 자란 과수나 임산물들도
가압류나 가처분으로 DMZ안에 엉키면
부패해 버리고 마는 대자연의 폐기물들

가압류 없이 가처분 없이
정의로운 사회가 될 순 없을까
날로 범죄사회가 늘어가는 무서운 세상일
경쟁 속에서도 행복한 세상이 될 순 없는지
꽃잎이 눈물로 핀다.

고독한 삶의 통고서

기다림 속에
연류된 하루의 무게는
계량할 수 없는 표면의 중량이었다
외줄기 밧줄 위로 뛰고 나는
남사당놀이 거룩한 재능이었다
쓸쓸한 계절 낙엽 떨어지는 날의 미소
흐르는 계곡엔 삼원색이 꿈틀거렸다
가끔씩 푸념하며 떠나가다 멈추는 수렁자리에
가슴마다 치렁치렁 작은 투망질에 인생을 낚는
통고서에 마음 한 자리 답답하다
아아! 며지는 옷섶에 세월의 열쇠는
비밀처럼 산재된 가슴뼈를 열어 주었다
산업단지 멀리 매연을 내품는 거리의 환경전광판
당기고 떠밀리는 외손바닥에 어둠은 차단되었다
인생살이는 행복에 가까우면 우선은 합격인데
불합격이란 관념에 쓸쓸한 통고서를 받으면 충격이다
밤 열두 시면 전달되는 마감 연합뉴스
엄청난 희비에 갑자기 아나운서는 넋을 잃었다
사고 난 후 소리치는 흐느낌들
충격으로 흩어진 유리창을 통해 울부짖는
외로운 삶의 통고서들 목표 잃은
가슴들은 언제나 붉은 재판현장이다
사고내고도 흐느낌 없는 뻔뻔한 범죄자의 손과 발.

구조조정

바다에도 구조조정 바람이 높이 분다
지상에서만 부는 줄 알았는데
바다에서도 구조조정 바람이 분다니
사람 사는 게 별거 아니다
언제쯤이나 사는 맛 난다고 함성할거나
절이나 교회에서도 시주바람이 차가우니
세상이 어렵다는 걸 안다

손가락을 펴 세어보아라
하나 둘 셋 넷 다섯 끝이 없다
딱정벌레들이 나무터널을 만들어
그 속에서 꿈틀거리며 꼼짝 못하는구나

일간신문에서도 화가 났나 봐
그 동안 대학에서 문리대 예술대 학생이 많았는데
내년부턴 일만 명이나 공대생을 더 뽑는다니
대학에서도 구조조정이 있구나

교수들은 어디로 가나요
바다에서 구조조정 바람이 높이 분다니
갈매기가 서글퍼 여객선 뒤따라
가면서 훌쩍훌쩍 울겠다.

네팔 산맥을 보며

해발 8,091 최고봉을 가면
네팔에 안나푸르나의 산길처럼
야하고 험준하고 신비한 산맥은 없다

계곡 갈래갈래 여러나라가 팔을 벌려 협연하며
둔치에서 자원을 가꾸며 산다
자원은 평지에서 얻을 수 없는 것에 대해
의문을 얻으며 그저 닻을 붙들고 매달리는 것이다
최고봉인 화살 같은 정상을 오를 수 없는 건
길이 없기 때문이 아니다

인류는 길을 만들며 삶을 바꾸고
길 위에 서서 좁고 넓은 길을 펼쳐보면서
삶의 화실을 여는 데 있다

길들인 산업혁명 속에서 정보의 문을 열고
아니 제3의 물결 따라 여행길을 떠나는 사람들
세계에서 꿈틀거리는 산악인이다

길에는 직선보다는 구부러진 길이 리듬 있고
곡조가 있다

숲은 숲길대로
비탈은 비탈길대로
산길은 산책길대로 리듬을 여는 멋이다

까치집이 날아왔다

광화문 앞이 침묵으로 큰 기둥이 섰다고 했다
시도 때도 없이 몰려드는 꽃의 향연
고추의 향연, 한 밤의 화려한 반딧불 풍경이다
형설의 공을 쌓으며 밤을 새운다면
얼마나 좋겠는가, 그렇다면
청기와집도 한층 자비로우련만
절간에 불상이 없다
구린내 나는 은행잎이 쓸쓸히 끌려간 거리
과장된 도심에선 앙상한 가지만 남아
비련의 거리에 촛불은 더 환하게 켜졌다
일분 간 단전하는 연습이 민방위 훈련장이다
이른 새벽 여류시인께서 보낸
낡은 까치집이 노크도 없이 날아왔다
가을 끝 어지러운 세상이라고
되는 것도 없고 안 되는 것도 없다는 세상
애기들까지 교수들마저 길거리로 나와
실험실에 배를 띄워 현미경을 본다
듬직한 나뭇가지 위 둥지를 튼 까치집
목맨 민 둥지 몇 채 투명하게
온 세상을 물끄러미 내려 본다
어두운 세상 정치가 투명유리처럼
훤하게 보였으면 좋겠다는

목 타는 식솔들의 아우성, 개탄의 목소리다
쉬는 토요일 되면 광화문이 무섭다.

내성천 모래강

평온을 찾아온 모래사장에
사슴 같은 꼬마물떼새가 갓 부화한 채
다리를 절며 어미를 찾는다
모래사장 속엔 그리운 미생물들로
새들의 내장을 채우고 나면
짝 챈 원앙 한 쌍 사랑이 정겹다

수변에 여유롭게 노니는
남생이 자라 넓은 습지를 찾느라
모래 옷을 흠뻑 입었다
일등급 수중만 선호하는 붕어 송사리 은어 떼
여유로운 그림 그리는 화가가 될 때
왜가리가 붕어를 한 마리 낚았다

왜가리는 먹이사슬로 모래펄의 감시자다
벌써 중복여름인가 갑자기
말매미는 독립해서 바리톤 음을 낸다

삶 속에 흐르는 모래시계
드라마처럼 흥겹다.

나이 들어 갈데없다고

나이 들어 갈데없다고 구박하지마라
문밖을 나서면 버스가 기다리고
마을 경노당에선 동네 친구가 옹기종기 기다린다

나이 먹을수록 늘어서는 사회복지관
거기에선 나이든 친구들이 기다린다
장기 바둑 탁구 노래부르기 하모니카연주
책읽기 색스폰 연주 그림그리기가 있는데
거기서 골라서 친구를 만나란다

서울 만세운동 부르던 지하도에 가면
신문지를 이불삼아 덮고 사는 사람아
애처롭다 답답하다
갈 곳이 그리 없을까
북적이는 시장에서 날품이라도 팔아야지

지린내도 독하게 번지더라
땅바닥에 그려지는 속살, 참을 수 없는 독경이다
나이 들어 갈데없다고 나무라지마라
친구도 있고 공부할 데도 얼마든지 있으니
게으른 사람들은 얼룩지기 마련이니
맨 바닥에 흠뻑 물이라도 뿌리고
속 시원하게 살아라.

붉은 무지개

자신을 위로하며 잘 살겠노라 다짐했지만
그의 내장 속에는 무지개가 붉게 섰다.
열악한 마음으로 자신에게 명고鳴鼓를 울렸지만
꼿꼿한 그의 통증은 고개 숙이지 않고
병상만 옮겨 다녔다

그의 비명이 땅을 울릴 때 끝도 시작도 없는
벌판을 달렸지만 줄지 않았다
자신이 틀어쥔 밧줄을 놓치지 않으려고
줄 다려 보았어도 밧줄은 아무 차도 없이
그냥 천정에 삽화를 그렸다

그림은 수묵화보다는 잔잔한 문인화가 더 좋아
높은 지능으로 가는 길 위에 비문을
심도 있게 새겨 넣었지만 반 평의 병풍 위로
떠오른 성자의 손은 성경에
붉은 무지개는 타올랐다

날이 갈수록 후회 없이 독기 빠진 눈물은
그 눈물은 흘리지 않겠다 다짐했다
밖에서 들려온 명고鳴鼓의 촛불을 밝히는 오후
광화문을 향한 발걸음엔 붉은 무지개가 켜지자
창밖은 얼마나 춥냐고 물었다.

바다 안의 작은 꿈

오랜 화석처럼 부서지는 것은 작은 꿈이다
그리고 더 크게 부서지는 것은 파도다
파도는 부서지면서 꿈을 꾸며 문을 연다
작은 입자들이 모여 집을 짓고
빌딩을 짓고 교회도 짓는다
파도가 모여 파고를 높여서 집을 짓는다면
삶의 분말을 날라서 집을 짓는다면
머물 장소라곤 한 자리도 없고 시간도 없다
없다는 건 무소유가 아닌 소유의 욕심을 버린거다
삶을 깨우는 것이 파도의 본질이라면
나는 너를 미워할 수밖에 없다
파도의 본능은 사계절이 없다
언제나 고기압에 의해 사랑이 흔들리고
눈썹 담 앞에 큰 울음이 그치는 거다
파도는 어리석다, 반전하는 바다에
부서지는 것이 존재해 외롭고 답답하다
그러나 바다는 파도가 있어
위로가 되고 떠난 사람들을 생각한다
떠나보낸 사람들이 아쉽고 그리워진다면
그 아픔의 발자국은 어디로 가있는가
늘 바다는 파도를 용서치 않는다
그러나 바다 안에 파도는 용서하고 싶다

파도에게 안부도 묻고 편지도 쓰고 싶다
또 비밀을 누설하고 용서해 줄
바다 안에 작은 꿈들 어디까지 올라와
집을 지을까, 때론 강물이고 싶다

외곽지대에 내리는 비

깜깜한 어둠 속에 나무 한 그루 심었다
가슴에 호수에 북적거리는 도심거리마다
어둠의 나무들은 어둠을 마시며 나무를 심었다
가로등 등지고 길을 걸으며 어둠의 냉수를 마시는
또 다시 달빛에 나무 한 그루 심고
난 귀가를 서두른다
한 두 사람씩 걸어가는 걸음의 주마등
외곽지대에 옹기종기 모여 사는 달빛 사랑으로
가슴에 호수에 또 한 그루 인생을 심었다
어둠 속에 어진 가로등이 뒤를 따랐다
낮과 밤이 살찌거나 개의치 않는 무관심 속에
작업장의 음성은 또렷하기만 했다
내일은 비가 내려도 근심을
모두 지운 외곽지대의 사람들
비를 맞아도 좋다 눈을 맞아도 좋다
어느새 훈민정음이 지워진 문패 앞에 서서
단숨에 요베링을 힘껏 눌렀다
누가 호주라고 돌담에 침 뱉듯이 말했을까
가슴에 향기로운 유월의 끝 옥잠화 꽃향기가
다시 콧속까지 배여 술 취한 나를 깨우는 하루
외곽지대 켜진 술집 네온은
별장 유리창에 노을이 비치고 있었다.

화진포 단상

고성에 화진포는
바다와 호수가 형제다
호수는 대한에서 가장 큰 어른이라고
울창한 송림까지 기지개를 편다

호수둘레 빽빽이
해당화 꽃으로 둘러싸여
화진포라 이름짓고
색다른 별장이 있어 군기를 세웠다

해양 산 바다 호수따라 둘레길
고성 화진포 길따라
김일성별장
이승만대통령별장
이기붕부통령별장
신라 때 수군기지였던
금구도가 제자리를 지켰다

한라산 구상나무

숲은 심기보다 가꾸는데
더 신경을 써야 한다는 나무의 예찬에
숲속은 오래된 전설의 얼개를 푼다

제주도 한라산에 마지막 고지에
환갑을 살다보면 나목이 된다는 구상나무
젊은 여박사는 구역을
살뜰히 설정해 새싹을 심었다 말했다

물안개 떠오르는
숲속의 작은 추억들
연구영역으로 번져 숲에서 숲을 가꾸면
산소를 뿜어내는 자연의 섭리가 크다 했다

심고 가꾸고 가꾸고 심고
반복하는데 숲은 성취욕 의미가 컸다
찰나를 위하여 태어난 구상나무
싹을 키우는 저기 높은 한라산에 신명나는
숲 주인이 되었다.

시인의 방

"나를 키운 건 팔할이 바람이었다"는 미당문학관을 찾아
조국사랑에 가슴 깊은 태극기가 펄럭이는 문학관을 찾아
고창군 부안면 질마재로 2-8을 찾아 국화향을 맛본다.
관문을 거쳐 초입에 이르니
브라질 커피향이 흐르는 카페는 아직은 이른지
목의자만 덩그러니 놓여있다.

미당은 20세기 한국을 대표하는 시인으로
창작활동 70년 기간동안 명시 천여 편을 발표했다는 시인
나랏말을 가장 능수능란하고 아름답게 구사해
모국어 최고의 경지를 보여 준 시인
후배시인들이 시의 정부 또는 신화로 부른 시인
또 우리 시인들이 가장 좋아하는 시인
대표작이 가장 많다는 시인
아직 덜된 사람이라고 겸손을 내놓은 시인
인자한 마음이 바구니에 모두 담겨 있고
늘 새것을 추구했던 시인
언제나 그 삶에 몸뚱이나 성격에 잘 어울린 시인…

오르내리는 계단마다 유물은
시인의 땀 냄새가 배었다
1층엔 가족의 공간

2층엔 때 묻은 서재가
3층엔 친구관계와 피와 땀이 밴 시묶음
4층엔 미당이 쓰던 유품과 방송망
5층은 야호 전망대, 보이는 곳은 바다가 자라고
미당의 묘지와 국화꽃이 자라고 있었네.
여기는 미당께서 남기고 간 시인의 방이었네.

묘목 장수 아저씨

봄이 되면 너의 종아리를 잘라
시장에 내다파는 일은 다반수다
예년이나 다름없는 묘목장수 아저씨

살아오고
살아가는
묘목의 생명감과 생동감 봄빛에 에메랄드다
고개 숙여 머릴 감으며 강심제를 마신다

어느 누구나
수유할 수 있는 이식의 기법
수염 긴 할아버지 모습이 떠올랐다
올해도 묘목을 내다 팔까

계절마다 꽃이 피고 질 때마다
기대되는 과실이 열리고
딸 때마다 흐뭇해지는 자연의 고마움과
토양의 감사함에
이제 묘목장수 아저씨의 뜻을 알겠다.

공중화장실

언제나 여행을 떠나려면 관습처럼
공중화장실을 찾는 일
오늘도 뒤가 마려워 여행용 가방을 메고
터미널 수세식 공중화장실을 찾아
육신의 일부를 배출했다

어깨에 멘 머시아 가방을
화장실 옷걸이에 걸으려는 순간
가슴이 끓어오르는 주문
신장과 간 상담 010-****-####
비위생적인 공중화장실에서 신장과 간
뭘 상담하란 말인가, 기막힌 구절이다

비좁은 공간에서 어떤 사람의
장기를 사고파는 복덕방 터란 말인가
혐오스럽고 독살스런 사람들의 손끝에서
우러나온 검은 유성 펜의 추서醜書를 본 순간
온몸은 가시 돋는 사해死海의 육신이다

사나운 물매라도 던지고 싶은 심정이다
생태적으로 다른 화장실에도 그런 주문했을까
대단히 혐오감을 주는 비난의 하루다

그것도 작은 공간의 참 예술일까
참으로 대장간처럼 쇠를 벼리는 세상이다.

2부

공간은 빛이다

뉴스 속보

비참하게 타 죽은 마른나무를 보니
숲은 볼 수가 없다
새장 층층 17층에서 타오른 불길 피할 길 없어
매연을 마신 주변사람들
꽃을 보지 못하고 불투명한 연기만 보였다
비상구를 빠져나와 외치는 외마디 호소
남녀 가릴 틈 없이 우선은 탈출이다
오래전부터 실습해 본 민방공훈련
새까맣게 잃어버린 사랑의 이중주다
암흑 속에서 사물을 찾아야 한다는 판단이다
119소방차를 몰고 온 사람들
다 탄 방바닥에서 끝까지 연필을 굴리며
화인火因을 캐묻는 과학의 씨앗들
영글게 캐물었을 때 이미 밤은 깊었다
뉴스 속보속의 사람들 맥박이 뛸까
두드려보는 타악기의 기억들
생명의 불꽃은 아직도 잔불로 속을 타고 있다
레드오션 앞에 장착된 저녁뉴스는 속보를 몰고
감정의 소화전으로 정지선을 그었다
속보 안에 고통의 씨줄과 날줄을 곱아 쥐던
집주인들은 어디에 있을까
화재란 그는, 무서운 도둑놈이다

기체 없이 까만 숯덩이만 남아 무너져 내린
잔재의 씨앗들, 남은 건 하소연뿐이다.

가지꽃 옆에서

한 여름의 땡볕에서 일광욕한다
보랏빛 가지꽃이 피어 수줍게
산수유 옆에서 바람을 잡고 있다
사정거리 두고 한 걸음씩 다가서는 가지꽃
꽃 가운덴 수줍은 노란 대음순이 방긋 웃었다
대음순 등허리를 오르는 벌들의 발걸음
시차를 걸어놓고 차별하는 빛과 그림자
너는 보랏빛 통속에서 여울 짓는
일은 별난 별꽃이라 하자
뭉개진 속살에 엉긴 염증을 녹이며
제 몸 살리는 사람들 먹이로
건강한 곳간에 들어 삶을 읽는 동지들
안토시아닌이 풍부하다 내품는 웰빙의 푯말에
한 여름 식단의 풍경이 자애롭다.

공간은 빛이다

공간은 따뜻하다
따뜻함은 행복이다
촛불이 켜지고 램프등이 은은하게
비었던 공간을 밝히니 주눅 들었던
공간도 숲처럼 아늑하다
이른 아침 창살을 비켜 햇살이 내린다
햇살은 빈 공간을 채워주는 주인이다
공간은 사색의 시간을 섬긴다
사색은 마음에 그림을 그린다
그려진 그림은 한 폭의 추상화다
눈에 익은 추상화는
누구의 작품이냐 묻기 전에
공간은 빛이라 설교한다
그래서 넌 행복한 공간의 빛이다.

꼬마 물떼새

봄 햇살이 주고 간 비좁은 물꼬에서
삶을 즐기는 꼬마물떼새
무리져 행복하게 물질하며 삶을 묻는다

봄볕에 흐르는 뭉게구름을
무역선 삼아 함께 타고 온 꼬마물떼새
쌀 눈 같이 초롱초롱한 눈동자
이마는 백설기요 다리는 황기黃旗네

아주 작은 체구에 짧은 부리
먹을 걸 부지런히 찾고 찾는 꼬마물떼새
눈망울 위엔 세월호 리본이 선명하고
배와 턱은 백지라네

둥지는 모래자갈 벌판이 전부요
자갈밭에 집을 짓고 자갈밭에 알을 낳는
그 자유로움, 자자손손 번식 위해
암수가 서로 알을 품는다네

인간사 사는 일에 너무도 달라
가정이 행복하고 부모에게 효도하는 일
모두가 사랑해야 하는 일 다 죽었는가

한탄한다, 사건사고가 늘어가는 시대
꼬마물떼새에게서 배워야 할⋯⋯

단절斷絕

사나운 강풍불어 꺾이는 것은
나무만이 아니다
아니다

여울에 꺾여 아름다움도 미소도
다 잃어 죄를 구할 수 없듯
살림을 늘린 사람도
잘 나가다 빛을 잃는다

그 빛에 깔려서
꺾이고 만다

시절 없이 부는
사나운 강풍에 지친 사람들
미루나무처럼 살다가
단절한다는 것은 미숙한 일이다

죽음의 끝 지나 어디까지 갈까
마른 목을 축이며
삶의 언덕을 헤치며 걸어가는 것이다

밴드

이 세상에 공짜는 없다
카톡에서나 밴드band에서나 페이스북에서나
내려주고 받는 세상 이야기들
주고받는 의사소통 때문에
늘 비틀거리며 산다

다시는 익살스런 스티커들이 안 뜨겠지
다짐했지만 기분이 짱할 때가 있다
익명의 사람들이 밤새 다녀갔다
낯선 사람들이 다녀간 자리
기분 상하지만 답글로 말해줘야 시원해
느린 손걸음으로 자판의 징검다리를 걷는다

이 세상에 공짜는 없다
정말 공짜는 없다

언젠가는 갚아야 할 비명의 약속
내려주면 받고 언젠가는 갚아야 할
비명의 목소리 25시를 떠나 울릴 때는
막장을 본 뒤 무리해도 끄고 싶을 때가 있다.

석류를 보면

난 석류를 보면 대륙의 넓이와
바다의 깊이를 알겠다
변함없는 공원 문이 열리면
젖을 수밖에 없는 분수가 터지면서
애창하는 신목神木은 성숙한 꽃이 핀다
가시가 난 나무는 천리도 못 간다니
아예, 뒤를 돌아 보지마라 말하듯
맹종하지 않을 고집이 있다
석류는 발광하지 않는다
스스로 간 큰 석류가 익어가기 시작했다
복부를 불리면 지구가 돌아가면
터널에선 신물의 분수가 터지고 불치병에 걸려
속절없는 낙하를 시작했다
배꼽이 한 치쯤 나오면서 패기를 채우자고
계산기를 두드리기 때문에 지구는 요물이다
그는 모양과 맛도 달랐다
크기도 사뭇 다르게 생긴 요술쟁이
낯선 공장에서 수입해온 석류를 보면
성장론에 내비친 신비의 빛은 세상을 걷는다
계절을 팔아 서툴게 익어가는 너는
양수가 터질 거라는 생각은 하지 않았다
너는 수식 없는 괴물이기 때문에…

담쟁이 풍경

숲 속이 아니더라도
콘크리트나 붉은 벽돌을 생명선처럼 여기며
사는 담쟁이가 올해도 한 자는 자랐다
친함보다는 불쾌감 속에 화두를 끌어내던
내 근력의 아침은 아직은 이른가
목소리가 저음이다
비전의 허리를 끊어 단순하게 기댄
벽체를 오르고 또 오르면 다른 해충을 불러
자본주의 노래기나 지네가 둥지를 튼다
그런데 올핸 선녀벌레가 몸살이다
담쟁이는 회색벽이나 붉은 벽돌
담벽에선 쾌감을 틈내며 호박순처럼 자란다
틈은 삶의 구멍이 될 수 있어도
허기진 틈새를 내주지 않는다
담쟁이여 나갈 넓은 허공을 찾으라
아니면 협소해도 빈 동공을 찾으시라
네가 헤아리며 살 수 있는 길은 열릴테니
빈틈에서 삶을 헤아리며 착지한 강물일 거야
강물은 흘러야 제 구실을 하는 것
담력 큰 줄기가 생명이 아니라 여기면
넌 나에게서 떠나라

사랑의 악세서리

네 모습은 자유로 태어났지
같은 모양새로 태어나면
네 이름 네 인기가 낮아져 강물이 흐를지
같은 모양이어도 이름은 서로 달라
여자들은 외면하면서 꿈을 깨우지

외출할 땐 서로 외면하고 속단하지만
앙가슴에 달고 있는 사랑의 악세사리
두고두고 눈길을 달래지
너의 모습은 다양하게 태어나야
너의 이름은 다양하게 피어나야
속단으로 피어나고 빛나지

매디진 손가락을 흔든다
네 가슴에 단 사랑의 악세사리 강 건너
바다 건너 달려온 오늘의 동반자
귀걸이
목걸이
배꼽걸이
코걸이…이젠 멋과 멋의 숨결이다.

아미산

그대여!
아미산에 오시려거든
당진, 아미산에 오시려거든
눈티고개 지나 아미산 삼봉에 올라
가슴을 내려놓고 사방을 둘러 본 뒤
당진의 메아리를 안겨보소서
연분홍 진달래꽃 한아름 안으시고
다불산까지 다녀가시구려
대숲아래 복된 행복을 나누는 사람들
사랑의 기쁨을 나누는 사람들
인정 많고 인심 좋은 마을 사람들이
둥지 틀어 사는 산
아미산은 행복이 가득합니다
옛 고장 벌수지, 아미산에 다불산에
오시려거든 행복 한 다발 안고 와
사랑 꽃을 피우소서.

송전탑

고단한 삶의 기지개를 켜듯
산 정상을 이으며 기지개를 켜는
송전탑은 모두가 명산이고 기러기다

수천 킬로와트 전력을 송전키 위해
마을과 마을을 산과 산을 강과 강을 잇는 송전탑
기쁨보다는 슬픔이 크다는 저항의 목소리에
거부의 파도는 노도怒濤를 친다

꺼져가는 생명도 나타난다며
목소리를 한층 높이는 환경운동가들의 환호성
좋을 듯하지만 한때는 거부의 반응이
옹달샘처럼 잔잔하고 맑다
실록을 쓴다 허나 송전탑이 줄서지 않는다면
나라산업도 목마르고 느린 걸음걸이다

전력은 국력이다 한 시도 쉴 새 없이 켜야한다
오늘도 정부청사 정문 앞에서 시위하는
시민들의 함성 얼마 높이 날아가고 있는가
공장이 살고 나라가 살아가는 길
송전탑은 생명력이 있어 피와 땀을 흘렸다
대동맥인 전류흐름 지중화 방도는 없는가

변태

땅이 없어 그 자리에 몸 풀어
하늘 아래 싹으로 태어났는가
단꿈을 꾸어라

아무도 관심 없는 땅
빈틈을 비집고 돋아나는
하늘 아래의 생명이요 비명이여
목이 마르거든 미스트를 살짝 뿌려라

그러면 습한 것은
그대에게 열쇠 되어 따라갈까
무딘 흙빛대지를 그리 좋아했으랴
쓸모없이 썩은 토질에
뿌리를 박고 헤아리는 너의 신체
저승을 가도 좋다고 외치진 않을 꺼다

별들이여 반짝여라
누구도 쳐다보지 않을 변태의 극지極地라도…

석양에서

석양 길에 허벅지까지 차오르는
갯벌을 걷노라면 황혼이 붉게 물든다
날 보고 미친 사람이라고 꾸짖을까
그럴 때마다 내 심장은 붉은 장미꽃이 핀다
육십 중반을 넘어 헤아려 오는 붉은 노을의 바다
하루의 목을 조이며 잔인하게 감겨온다
발목까지 차오르는 그날을 위한 그림자
그러나 넌 오해 없이 살아라
시계바늘이 섬섬히 숫자의 등을 지날 때
침묵은 자유로 자전하리니
당신은 곡예의 눈물자국을 찍어라
석양은 끝자락 보다는 내일의 생각이 앞장서
탄생의 기념탑을 쌓는다면 얼마나 좋으랴
황사바람에 흔들리는 고국의 파도여
바다 깊이 해녀의 물질에 스카프를 날리니
해초들은 말한다 오늘은 멈춤이라고.

솔꽃 피던 날

어둠은 하늘이 진 죄가 아니라
솔 나무에 핀 솔꽃이 진 죄랍니다

혹독한 송진내 종달새처럼 높이 오르고
웃자라서 고집스런 전정가위로
순냉이를 쏙닥쏙닥 잘라버려요

순은 다 같아도 솔순은 죽순보다
향기가 좋아 순응을 잘 한다지
진주빛 잔치방에 덩그렇게 마주 앉아
초봄을 마시는 걸 보면
철든 송홧가루라도 화분 위에 쏟아질 듯
눈앞에 아른거려요

할머니 제삿날 진설할 송화다식이 부럽듯
단비와 바람을 무서워해요
초록빛 빗방울에 송글송글 영그는 향기
진하고 끈끈한 송진이라도
솔꽃은 무지개처럼 빛으로 달려오네요.

아침을 뽑다

아침은 이글거리는 태양을 힘차게 뽑아 올려
삶의 그릇에 담아 허공에
뿌리박고 길을 여는 주체자이다

노듯길 따라 징검다리 섬 섬 섬
섬과 섬의 아침은 빛내느라 요란했다
거대한 태양 따라 타오르는 용광로
강한 고철을 녹이는 아침
세상을 인터뷰 했으면 좋겠다

늘 아침은 씩씩하고 건장한 사내지
날마다 사별하고 밝아오는 태양
아침은 햇살을 뽑아내는 위대한 사냥꾼이다
새 창과 하루를 여는 사냥꾼이다.

지하철

지하철은 어둠에서 깨어나기 전에
이미 약속된 새벽을 떠난다
인류의 시안을 열고 켜지는 시동이
부자연스럽게 걸리면
철길은 붉은 촉각의 바다를 펼친다
다시 철길을 진단하는 두 손가락
착각의 전류를 입력시키면 무서운 가스폭발에
또 몇 명의 자유가 묶였다
비상구 없는 터널 속을 빠져나온 주인들
각선미를 헤집는 사내들 짓궂은 매너다
협소했던 터널의 자동문이 닫힌다
머리끈을 질끈 동여매고 비명이라도 지를까
아서라, 몸소 자결함이 두렵다
지구는 시시각각 사고의 연속 드라마다
지진이 나고 수해가 나고
산불이 밤을 새우니
그래도 지하철은 시동을 멈추지 않았다

다문화 천국

열대야 속 깊은 잠에서 깨난 부용꽃
붉은 주름치마를 걸치고 단장하더니
달걀노른자 같은 씨방을 남겼다
그건 생의 흔적이랄까 종족번식의 원리
화려함이 꽃의 전부이듯
나를 달래고 내 마음을 달래던
바람난 부용꽃, 바람기 없어도
살랑살랑 말매미 우는 길에 뽐냈다
올 여름은 유난히도 폭염인 걸
영동 세종 낮 온도가 35.4도라는데
참 무덥다
밀폐된 길거리에
미국선녀벌레가 뜻밖에 설치는
대자연의 어지러운 선동
동물의 왕국 아닌 식물의 세계망국이라며
피 붙어온 선녀벌레 떼 온몸에 앉아
육혈을 빨아먹는 파렴치
점점 다문화 돼가는 세상에
해충도 다문화 천국에 살고 있다.

꽃꽂이와 등불

빈 공간을 조각하듯 메우는 꽃꽂이는
장미꽃 보다 강한 꽃의 취기를
곤한 오후의 숙취로 푼다

백자수반이건 청자수반이건
마다하지 않는 탁자 위 화려한 무대
빛보다 강한 명성으로
수반 위에서 성숙한 묘기를 부린다

멋스럽게 핀 꽃대를 이식시켜
화려함 보다 선을 맞추어
묘기부리는 여인들의 손재주에 꽃꽂이는
세상을 바꾸는 수반 위에 황제다

한강의 기적을
오래도록 기억할 꽃의 미학들이여
당신을 위해 한 밤을 여는 귀한 여의주는
공간의 등불을 밝힌다.

3부

어머니의 바다

거리의 왕만두

절벽 같은 시간이 정오를 지나
열기 높은 오후의 깃발을 세워질 때
시장기 짙은 아늑한 공간을 생각하면
고통의 왕만두가 그립다

왕만두가 그리운 것은
지상을 지나 허기진 배를 채우든
고난의 껍질을 벗기든 매 마찬가지다

커튼을 벗기고 대문 없는 노상에서
왕만두를 빚는 아가씨의 손놀림이 빠를 때
진열대 앞엔 수업을 마치고 돌아온
여학생들이 줄서서 그리운 빵을 기다린다

왕만두 하나면 꺼진 배가 채워지던 시절
방과 후 학습에도 도움이 될까
인도를 막은 왕 만두집 진풍경을 보면
현실은 늘 미흡한 만족이다

서해 난지도

서해안에 안개가 짙다는 일기예보다
꿈틀거리는 무수한 미세먼지를 몰고 와
희미한 흙바람을 몰고 와
안면顔面있는 굴새*를 몰고 와
터를 잡아 오순도순 섬에서 산다했다

텃세도 조금도 내지 않고 동네 한 가운데
얼개어 살아가는 철없는 바닷새들
그 이름은 도요새란다
지표수 없이 탈진한 용못龍池에서 사는
가시연꽃, 자태를 그리면 해변 울타리엔
치자빛 해당화꽃 울타리를 올렸다

어느새 미로 같은 섬 안마당엔
살기 좋은 방짜 집을 짓고
섬에는 수억년 넘은 공룡같은 바다 옷을 입고
변함없이 살아온 섬들
난지도 소난지도 조도 비경도 도비도

바다를 끓이는 서해낙조는
커다란 욕망의 열쇠를 풀며 내려앉았다
잰걸음으로 사나운 파도를 타는

바닷새는 갯바위에 자란 굴 따는
그들의 삶은 서해 난지도에 주인이었다.

들판이 적적하다

정원은 밭이 아니다
과수원도 밭이 아니다
그런데 대추나무며 감나무를 심어
담양마을 죽순처럼 자랐다

불타는 여름 잎새마다 목을 축이며
버팅겨 온 생애
미국선녀벌레가 날아와 활개를 쳤다

잘 크던 대추나무 등에 앉아서
피를 쪽쪽 빨아먹는 파렴치한 놈들
박멸할 약이 없다고 한탄이다

바람이 없어도
바람이 안 불어와도 시절 없이
뚝뚝 떨어지는 낙과를 보면 볼수록
왜 떨어지느냐 따지고 싶다

가을이 왔지만 거둘 게 없으니
들판이 적적하다

고향 없는 삶은 없다

고향 없는 삶은 없다
고독한 화면 위에서 늦은 시간에
녹화된 젊은 연어를 본다
민물과 바다가 만나는 위기의 시간들
미칠 듯 요동친다, 노래도 없고 가락도 없는
건반 위에 몸을 태우는 가난한 작별의 용트림
연어는 목숨을 건다
거센 물결에 타오르는 정열
시간이 갈수록 옷을 벗고 비늘을 벗고
몸까지 다 벗어 안타까운 이별이다
온몸을 비우는 육신, 오늘은 바다가 밉다
연어는 오늘도 내 생을 다해 자식을 위해
몸부림치는 모습 안타까움이다
고향을 찾는 건 아픔보다 아름다운 기억이다
고향을 버린 이는 올바로 길을 갈 수 없다
행복이 없으니 인생도 없다
운명보다 숙명은 어느 쪽이 먼저일까
싸울 일 없다, 저버린 가방을 들고
후회없이 두고 온 고향을 되찾는다
나그네는 삶을 모른다
슬퍼도 슬프다말고 고독한 테이프는 멈추어라
녹화된 그리움은 죽은 삶을 되살린다.

들꽃의 설레임

가을 빛 담뿍 담아 들녘에 핀 꽃
레시피는 매디진
사람의 손길에서 자라서 흥겹다

뭉게구름 타고 쏟아지는
십일월의 상냥한 꽃들
몸속에 자란 순결한 부케만큼이나
어울려 줄기마다 똑딱선 타고
화려한 외출이다

꽃은 색감이 고와야 최상이라고
잘 자란다고 비켜가라
꽃은 감정이 눈높이로 살아있어
움직이는 사람들의 설레임이 커지고 있다

선 따라 줄기 따라 피고 지는 꽃들의 사연
다래넝쿨 가지 따라 타오르는
대공연이자 기다란 활주로
아름다움이 한 몫이다

구름 나그네

나는 보았다 두 눈으로
나는 들었다 두 귀로
나는 새겼다 앙가슴에

다 같이 돕고 사는 세상에
그대에게 들려오는 수많은 음성들
산 속에 봄이 오고 가는 세월의 순리에
꿈틀거리는 천체의 별들
다시 올 깊은 수행의 길 위에
내가 걸어야 할 도량의 다리를 놓는다

산이며 구름이며
김삿갓 길 따라 노래가 흐르는 터
재 너머 불어오는 명산의 노래에
그대와 난 인연이고 싶다

산마루 뜨겁게 달아오른 연두빛 사랑
달빛에 어린 구름나그네 찾아
나를 지켜준 왕도의 산길이 깊어도
마냥 오르고 싶다.

구절초 꽃길에서

방죽을 끼고 사는 원동리 길 따라 친구 따라
가을하루 마음을 이사시켰다
구부러진 풀길에는 이름표 붙은
늙은 은행나무가 거구巨軀를 자랑하듯
계절의 신호를 밝히며 서있었다
방죽은 저수지 부럽지 않게 호수를 이루며
하늘빛 위에 사랑채 몇 채 짓고
유료낚시터를 찾는 호탕한 조인釣人*을 기다렸다
시월의 길섶은 별처럼 황홀했다
눈서리 총총 박힌 꽃잎을 활짝 열고 미소 짓는
구절초 꽃은 체액을 흠뻑 먹고
향기를 내품으며 큰 의미를 품고 있었다
꽃향기여 벌 나비를 유혹하지마라
네 몸 안에 숨겨진 꽃말은
순수, 어머니 사랑이란다, 너는 소담하고
순수해 손끝으로 보듬어보는 꽃사랑
가을은 벌써 유혹에 휘말려 폭염을 버린 뒤
꽃잎 사이 쏘는 햇빛에 강한 사선을 긋고 있었다
빛은 너무 진실해, 어깨로 받을 수 없어
가슴으로 포옹하는 가을 꽃다발
계절 앞에 영롱한 빛은 수심을 재고 있다
꽃망울을 비켜 윤나는 오후의 비탈길

안개꽃보다 센 절기에 취해버린 구절초 꽃
눈꽃처럼 흠뻑 익어가고 있었다.

* 낚시꾼을 말함.

눈물 흘리는 풀잎

다 털린 은행나무 사이로
눈발이 날리는 데
꽃이 아니고 그건 시詩였다

흐른 세월들 물이랴 바람이랴
향나무 나이테에 향내음 맡으며
호숫가에 걸린 빈 뱃전에
풀잎의 노래를 보낸다

꺾을 수 없는 태양의 오름
이미 체온을 녹이는 해돋이라 하지
무리하지마라 네가 걸어온
세월을 탓하는 건 못된 말 장난꾼들

청춘을 원망하거나 미워하지 말아야지
천지에 흐느끼는 사계절의 바람들
견디지 못하고 눈물 흘리는 풀잎
너는 풀잎이 되지 못한다

덕숭산

차령산맥의 기지개를 펴는 산
기암괴석이 찬란한 호서의 맥으로
금강산이라며 천년고찰 수덕사를 품고 산다
오늘도 새벽 쇠북소리 산을 깨우며
법성의 바람을 몰고 와
봄 햇살에 진달래 꽃향기는 없어도
풍경 속에 불심佛心이 고여 있다
만인의 기를 품은 만공탑 기상이
덕숭산 오솔길에 머물면
법고의 아울림이 감도는 산하
갈등 없이 숭고하게 자란다
층층 돌계단을 오르는 스님의 수행길
긴 동면에서 깨어 자성의 바람이 일지라도
추억의 길은 아니지
자성의 바람은 시계바늘처럼 돌고 돌아
사바세계로 인도하고 있지
비구니 스님의 불법佛法 수행향기가
대숲에서 시안視眼을 열고 스며나온다

눈꽃의 단상

내 가까이에
계절을 모르고 사는 사철나무
푸른 잎사귀 위에 밤새내린 함박눈
겨울 꽃으로 눈꽃으로 한 누리 피었다
서해바다 태안 꽃지축제에 피었던
향기 짙은 백합처럼 소복 쌓인다 해도
한나절 지나면 상서로운 햇살에 못 이겨
고요의 강이 되고 말걸
그건 고통이 아니라 눈물이라 말하겠지
그래도 백합꽃이 지닌 여인의 향기와
그 아름다움을 한 올 저장하고 싶어
스마트 폰에 찰칵찰칵 담아 두었다
언젠가 네 모습이 직녀성처럼 빛나고
눈이 부시다면 되돌아 와줘
소리 없이 노을 속으로 끼어드는 영혼에
네가 보고 싶어도 야심을 비운다면
아름다운 인연을 남기고 떠나리
허기진 물거품처럼 떠오르던 눈꽃
안타까운 자국만 남긴 채 대자연이 안겨준
종착역인 땅에서 온갖 꽃 피울 몸부림이여
허물없이 그냥 분수가 되고 만다면
너의 눈꽃은 스스로 녹는 것이 아니라
고독을 녹이는 일이여.

명함인생

우리는 애초부터 명함인생으로
태어난 게 아니다
태어나서 자라서 배우고
일자리를 잡아서 직책을 받아
직명으로 태어나 명함을 받은 것이다

인생은 자라는 것
이십 년 삼십 년 이후 일자리를 벗어나
그 자리에서 은퇴하고
명함을 내려놓은 것이다

명함은 직책의 동반자요
삶의 힘을 심어 주었던 명패다
일자리 떠나 은퇴라는 명목에
우울증이 생기고 삼식이로 아내에게
구박받아 친구도 없고 명함도 없는
힘없는 가인이 되었다면 능히 가엾어라

인생은 그런 거지
정신적 육체적 건강을 위해서
모차르트 음악을 자주 들으며 사는 게 복이고
철학을 실천하는 참 인생이라는데……

어머니의 바다

울타리 없는 광활한 바다에 엎드려
세상을 캐시는 어머니
오늘도 드넓은 바다에 나아가
고된 세상을 캔다

금쪽같은 시간 반나절 줍는다면
얼마나 되랴
시간을 모으고 모아도
모두가 행복한 바다가 아니다

자손들에게 손 벌리지 않으려고
바다를 캐신다는 어머니
세상 모두가 어머니의 바다고
행복한 바다다

바다는 초록 장판을 깔아놓고
온 동네 휘돌아 어머니를 유혹하는 금고
언제나 그리운 바다는 마을경로당이고
앵두나무 우물가 빨래터라네

목련꽃 단상

어둡던 하늘이 열리고 있다
하얀 새들이 깨어나 날 채비를 하고 있다
수줍게 오므렸던 마음의 부채를 펴
육신을 에워싸고 오랜 것을 사모하는 그림자들
난 꽃이 되고자 삶터를 찾아 닫혀진
닻을 힘껏 열고 있었다.

철없는 목련꽃은 누구나 사모하지
그러나 빛과 어둠의 측면에서
정반대로 죽어가는 네 모습을 바라 볼 때마다
고통의 씨앗은 그만 주저앉고 말았지
낙화하는 영상을 똑바로 올려본다

봄은 절대 꺾이지 않고 아름답게
용서할 거라고 굳게 믿었지
너는 그만 붉은 여름도 채 만나지 못한 채
푸념 끝으로 돌아서 버렸기에
아무런 회고 한번 없이 낙화하는
네 모습이 하도 안타까워
회귀선을 타고 말았지…

무화과

공허함을 저주하기 않고
공허함을 마다하지 않고 열린 무화과
철든 과실처럼 붉은 수줍음이다

구걸 없는 세상으로 가던 길을 멈추고
해수욕장을 찾는 바캉스 철이면
해양욕海洋浴을 즐기는 무화과
보름달이다

저주를 버리고 산 세월들
나무에게 무얼 전하리
공허한데 주저함까지 데려다 줄
욕심 하나 없는 무화과
거침없이 살았노라 삶을 버리지 않았다

육체는 수줍음을 모르고
뒤섞어 사는 허전한 선착장에 주인공
온 길은 멀었노라고 푸념을 뿌리다가도 그냥
가지 끝 매달려 각혈하는 석류를 보면
치매든 노인도 일어나 하이네의 사랑을 들으며
손수레로 태우고 싶었다 한다.

겨울밤의 서시

댓잎이 초음파로 사운거리는 밤
거리는 빈틈없는 사선으로
겨울눈발이 내린다

쌓이고 쌓이는 눈발에
사납던 정유년 초목草木도
무념으로 고개 숙였다

시인은 어디에서 시를 쓸까
옆으로 불어오는
윤동주 탄생 100주년 포럼으로
기념시집으로
기념주화로 생일을
축하하는 갈래의 순수한 뿌리들

날리는 눈발은
모두가 대지를 덮는 겨울밤의 서시다

전통시장

소한이 겨울썰매 타고 시장꾼이 우글거리는
전통시장엘 갔다

시장오거리에 좌대를 받친 리어카 포터화물차
낯선 상품들이 유혹했다
갓대구에서 올라왔다는 직물 장수
화물차 가득히 채워진 양말을 소개했다
양말중에서 묶여진 수면양말 한 다발에 시선이 가
매끈한 금붕어처럼 두 손에 꼭 잡혔다
수면양말 다섯장드리 한 다발에 오천원이니
유혹이 넘치는 상품이었다
백설바탕에 일곱 줄의 검장 띠를 두른
부드러운 수면양말 꽃무늬가 달랐다
수면양말이 긴요한 내 발등과 발가락의 유혹
일기장처럼 붙들려 잠 든다
전통시장을 찾은 하루의 그리움들
우연히 수면양말에 손이 간 유혹의 오후
기나긴 겨울밤은 슬기롭다
웬지 오늘밤에 부는 겨울바람의 둥지는
수면양말처럼 따스했다

4부

섬은 도구다

강물이여 어디로

낮은 곳을 향하여 유유히 흐르는 강물은
오순도순 사는 우리를 향해 물길을 낸다
휘어진 동강허리 따라 나라꽃 무궁화는 피고
가난해도 슬퍼도 삶을 위해 용쓰며 흐르는 건
굽이굽이 하얀 강물뿐이 아니다
때로는 수만리 아득한 하늘 길 따라
날아가도 날짐승의 무거운 채널 따라
기러기 떼 활력은 꽃 피는 새벽을 연다
아침강물은 말없이 어디까지 흐르는가
그리고 무엇이 되려는가
무력없이 보듬어 달라는 노마드의 발길에
한 번도 멈출 수 없다
강물이여 어디로 흘러가든 침착하라
그대여 어디를 흘러가도 길을 잃지 않으리
뚝심 좋은 강둑에 벗이 되어
한 걸음씩 다가서는 기쁨의 향리에서
강물사랑 나무사랑이 깊어지면
색 고운 양귀비꽃에 빠져든 것처럼 강물은
푸른 수심 속에서 깊이 물들고 있겠다.

물살 타는 열목어

인류 가운데 삶의 꼬리는 살기 위해서
땅을 파는 유일한
삶의 연장이다

오르고 오르지 못하면
죽음이란 선 위에
그대로 중지될 뿐이다

사나운 물살
센 물살 타고 타오르는 긴박감에
목 줄기 타는 열목어의 생애
언어가 있다면 애타지는 않을 걸

바다를 벗어나 민물 꼭대기
산란둥지를 오르지 못하면 생을
이을 수 없는 삶의 생선
열목어 무대

때론 야생동물에 시달리거나
고라니의 멧돼지의 먹잇감이 되거나
먹이사슬이 되는 참변

>
열목어는
사나운 물길타고 오르고 올라서야
한 생애를 이어갈 수 있다고…

겨울밤

물안개 자욱한 겨울밤
눈비 내려 홑밤을 적신다

눈을 적시고
가슴을 적시고
마음자리까지 흥건히 적시는 밤
생솔가지 군불피던 생각이 빌딩이다

도심 한가운데 현란한 네온사인
겨울밤을 흔들고 지난다
오늘은 소한, 보름후면 걸어올
대한이 묵어가는 시간 앞에 붉게 익는다

사람들의 목소리가
고도로 차단된 겨울밤을 지키니
교란에 떨던 인정들이
깊은 밤을 다 건져간다

다시 올 따사로운 봄뜰을 향한 가는 눈발
옷 벗는 대자연의 종소리가
동면에 취한 겨울을 안고 낮은 포복으로
언제나 먼 길을 열면서 온다

꿈

큰 꿈을 가졌다면
허상에 마음을 빼앗기지 마라

스스로 노력하는 자의 깨달음은
회화나무처럼 위대하다

위대함은 남보다 나 자신을 위한 것
자신을 너무 크고 넓게 보이지마라
겸양이 앞서야 하느니

모두가 너무 커 보이면
허상이 깊어 상채기가 난다
꿈은 꿈만큼이 좋다.

눈부신 희망

아버지의 널빤지 위에 서 있는
당신과 나는 서로 다른 지평 위에서
깨어날 것을

나보다 남을 배려하는 생각과 행동에서
나를 위하고 너를 생각하는 것이니
그건 눈부신 희망이어라

때로는 너를 위한 탑을 쌓은 것이나
진솔한 오감이 요구되고
진실한 마음가짐이 요구된다면
그대 위한 눈부신 행복이어라

사랑하는 그대여
너와 나는 무리하지 말고
서로를 소중히 여기는 마음으로
자라게 하자

희망은
언제나 사거리에 놓여
사랑을 베푸는 눈부신 길이었다.

부용꽃 · 1

잊었다
한참을 잊었다
고심에 젖다가
무슨 꽃일까 묻는다

정말, 그 이름 모른다
며칠을 보냈다
여름도 허리쯤 갔다

언뜻 생각이 났다
네이버에 검색해 본다
참 무더운 중복이다

키다리 아줌마
부용꽃
정말 이쁜 꽃이었다.

부용꽃 · 2

허리가 휘어도 좋을 무용수다
명사십리 떠나도 좋을 여행자다
폭염 속에 화려한 꽃상여는

가지의 세상인가
꽃잎의 세상인가
두고 볼수록 화려해지는 선의 색깔들
멀리 봐도 예쁘다
가까이 보면 더 고웁다

꽃 이름도 모르고 꾸짖으며 산 세월
한 세상의 장엄함을
떠나며 다시 피는 부용芙蓉 명품 꽃이다

문 열어 다시 두고 내내 볼거다
선 안과 선 밖으로 부용아씨 설화의 꽃이던
삼국시대 생각 "섬세한 아름다움*"이다.

죽순처럼 자란 키다리 부용꽃
너그럽게 만개한 청아淸雅로운 꽃이다.

* 부용꽃의 꽃말.

동물의 왕국

지구상에 구석구석 널어놓은
동물의 왕국을 보면
약육강식에 약하고 강하지만
강하고 약해도

내가 몰고 온 왕국은 아직은 몰라라
카타르시스처럼
신비롭고 아름답다
사나운 계곡의 폭포수처럼

섬은 도구다

섬에
섬사람들은
바람을 친구삼아 도구 속에 산다

섬마다 삶의 도구가
쓰이는 곳이나 재질이 서로 달라
박물관이 된다

섬은
박물관이다

도구는
곧 섬사람의 삶이며
섬의 꽃이다.

숲

투명한 산길 따라
황폐했던 민둥산을 걸어가면
풀꽃이 자라서
산새들이 자라서
조림나무가 자라서
아름다운 숲으로 걸어서 온다

숲은
그림이 아니라
생명이며 삶터의 빌딩이다

아름다운 것은 가을에 있다

온 세상에 아름다운 것은 가을에 있다
빛 고운 고을을 지나
오색 옷고름을 푸는 너는 단풍잎
형형색색 채색하며 지상에 눕는다

게으름도 가난함도
차별 없이 물드는 아름다운 가을의 영혼
갈바람 부는 언덕에 누워
시나브로 식어가는 햇살을 받는다

계절은 시름없이 피고지는 계절의 꽃들
뭉게구름아래 물드는 너는 단풍잎
어느 때보다도 계절을 물고
떠나는 추억 한 점이다

때때로 물드는 새벽 무서리를 마시며
변하는 가을이야기
너와 내가 함께한 산하의 숲들
아름다운 것은 가을 밖에 없다
가을 밖에 없다

아침의 향기

아침의 향기는 상냥해서 좋다
아침의 향수는 속삭여서 좋다

너와 내가
간직한 상쾌한 아침의 나라
서로를 믿을 수 있어 좋다

열정을 다하는 미물들
내가 사랑하고 좋아하는 건
모두 너 때문이다

너는 아침의 향기가 있어서 좋다
너와 나는 그 길을 함께 가서 좋다

풀꽃을 사랑하지만

단꿈을 꾸면서 지하도를 걷는다
어지러운 세상살이
다 삶을 버릴 수 없어
등기 없는 지하도에서 주인을 만난다
인척이 없다 친구도 없다는 이유로
소줏잔 기울여 밥을 대신하고
영관보다는 사병이 좋았다는
그 시절의 푸념이 풀꽃이다
새 봄의 콧노래도 흐르지 않았던가
거들떠보지 않을 생명에 답답한 현주소들
사회빈축을 나침반 안에 올려놓고
나 풀꽃을 그대로 사랑했지만
네가 타이르는 그대로 살 수 없어
문제를 해독할 수 없어
그대로 여기 머문다.

부부사랑

살아가면서
부부금슬이 좋은 것은
꽃나무에 꽃이
아름답게 피고 향기 나는 사이다

남편과 아내가 서로 손잡고 걸어가는 길
행복으로 가는 길이라 할까
사랑의 메시지라 할까

아침에 일찍 깨어나는 참새 울음 청하며
부부가 서로 정답게 느끼는 행복감
서로 사랑이 불타서
영롱한 꽃송이로 피어날 거다

아침이슬 함초롬히 머금어 빛나는 얼굴
보랏빛 나팔꽃을 보아라
얼마나 싱그러운 얼굴로 미소 짓는가
아! 그립다 말을 할 때는
부부사랑이 더 뜨겁게 달아올라
눈부시게 녹여줄 사랑의 미학이었다.

한 여름 고백

온몸이 다 젖었다
고로쇠 물줄기 흐르는 세기의 마이크
볼륨이 높다
높았다 가라앉은 느티나무 등에
엎드려 한을 풀고 떠나는 여름 나그네
울다 울다 온몸이 다 젖었다

온몸이 흠뻑 젖었다
손등에 촛불 켜 밝히며 귀를 여는
한 여름의 뜨거운 고백
너에겐 무거운 한恨이 쌓였다

A4백지 위에 화상을 그려 놓았다
떠난 뒤 찾아봐도 쓸모없는 흔적들
어디로 떠난 걸까 가고픈 대로 날고픈 대로
상상력에 젖은 세기의 볼륨
대형 간판이 폭풍에 떨어졌다

119구조대를 불러 위기를 막았지만
한 여름은 고백하지 않고
온몸에서는 낙석이 사방으로 투하投下되고 있었다.

우슬초의 비명

무릎을 끌어안고 뻗어나는 우슬초
관심 없이 버린다 해도
아무런 상관없다

봄 마당에 멍석을 깔고 피어나는 우슬초
통풍에 바싹 몸을 말려야 제 빛이 나고
제 효능을 발휘한다고
동서남북 호밋날에 헤아리는 하루다

고통이 밤을 헤아릴 때면 생각나는 우슬초
한 여름 정원에 무성히 뻗어내려
지청구 먹으며 나팔꽃 옆댕이서
통곡의 서막을 울린다

뼛골 안과 밖에서 통증의 속도를 내미는
바람보다 강한 통증을 잡으니
건조된 우슬초에 성역 없는 기대감은
고지대를 향한 명약의 비명이었네요.

물의 정거장

신비한 흐름의 삶이 이유를 묻는다
물의 정거장을 집 삼아 사는 이유 때문에
계곡은 여전히 쓸쓸하지 않다
언제나 외롭지 않다

돌 틈새이건 물풀 틈새건
사이사이에 풀을 붙이고 알을 낳고
새끼를 까는 길 잃은 생물들
물새도 박새도 다름질이다

물틈과 돌틈 사이에
운집한 물의 정거장에서
지구는 무소유의 철학을 가르쳤다

배우지도 않고 가르쳐주지 않아도
사리를 잘 알아 체득하는 물가의 생물들
오늘도 작가는 카메라 끝에 돈을 부치고
삶의 고충을 투자한다

물꼬를 터 길을 내는 저어새의 동작과
좌우로 흔드는 미망의 콧등
물가에서 바이킹을 타며
홀로서기 했다.

풀꽃의 리듬으로 부르는 생명 노래

오홍진 문학평론가

풀꽃의 리듬으로 부르는 생명 노래

오홍진 문학평론가

　홍윤표 시인은 "바다에도 구조조정 바람이 높이"(「구조조정」) 부는 세상을 살고 있다. 구조조정 바람이 불면 사람들은 속절없이 일터에서 내쫓긴다. 자본은 이익이 없는 곳에 투자를 하지 않는다. 자본의 목표는 오로지 자본을 증식하는 데 있다. 구조조정은 그러니까 자본을 증식하기 위해 자본 스스로 몸집을 줄이는 상황을 가리킨다. "언제쯤이나 사는 맛 난다고 함성할거나"(같은 시)라는 시구로 시인은 자본에 얽매여 사는 사람들의 처지를 이야기하고 있다. 자본은 성과를 내는 사람들만 자본의 광장으로 불러들인다. 자본이 만든 광장으로 들어간다고 해서 미래가 보장되는 것은 아니다. 경쟁에서 이긴 사람들은 광장에서 살아남기 위해 다시 경쟁을 해야 한다. 말 그대로 자본은 무한 경쟁을 조장한다. 경쟁에서 살아남으면 피라미드 위로 올라갈 수 있고, 경쟁에서 밀리면 피라미드에서 이내 내쳐진다.

사람들이 '구조조정'되는 세상에서는 자연 또한 구조조정의 대상이 된다. 자본의 이익이 되는 생명만이 살아남는다. 자본은 자연이 스스로 펼쳐내는 삶을 인정하지 않는다. 살아 숨 쉬는 자연이 펼치는 삶의 리듬은 자본의 냉혹한 리듬으로 재조정된다. "숲은 숲길대로/ 비탈은 비탈길대로/ 산길은 산책길대로 리듬을 여는"(「네팔 산맥을 보며」) 세계는 자본의 바깥으로 나아가야만 볼 수 있는 '신비로운' 장소가 되어버린다. 자본은 이미 과학의 이름으로 자연=생명을 정복해야 할 대상으로 만들었다. 생명이 살고 죽는 이치를 이제는 자본이 판단한다. 자본 증식이라는 하나의 리듬으로 움직이는 세상을 우리는 지금 살고 있다. 이 리듬을 거부하면 우리는 곧바로 자본의 바깥으로 내쫓긴다. 시인의 말대로라면 '구조조정'이다. 생명의 삶터가 교란되는 자본의 세상에서 시는 과연 어떤 의미를 지닐 수 있을까?

　자본의 리듬을 넘어서는 자리에서 시의 리듬이 나온다. 자본이 중심이 된 구조조정이 미칠 수 없는 자리에서 뻗어 나오는 이 리듬으로 시인은 자본이 만든 세상과는 다른 시의 세계를 열어젖힌다. 시의 리듬을 펼치려면 자본이 그리는 리듬으로부터 벗어나야 한다. 자본이 자본으로 이어지는 단일한 길과 이어져 있다면, 시는 수많은 생명들이 펼쳐내는 다양한 리듬과 이어져 있다. 자본의 시선으로 바라보면 이 세상은 온통 자본을 증식하는 대상들로 넘쳐난다. 자본은 단지 (교환)가치로 환원될 수 있는 대상화된 생명만을 인정하는 셈이다. 홍윤표 시인은 무엇보다 자본이 부정한 자연의 생명성에 주목한다. 생명성은 가치로 판단되지 않는 생명 본래의 특성을 말한다. 생명은 생명이기에 존엄하다. 구조조정이 삶터를 유린하는 냉혹한 세상에서 시인은 "길 위에 서서 좁고 넓은 길을 펼쳐보면서/ 삶의 화실을" (「네팔 산맥을 보며」) 열려고 한다. 들여다보면 들여다볼수록 통증이 심해지는 삶의 그림들로 가득 찬 화실.

자신을 위로하며 잘 살겠노라 다짐했지만
그의 내장 속에는 무지개가 붉게 섰다
열악한 마음으로 자신에게 명고鳴鼓를 울렸지만
꼿꼿한 그의 통증은 고개 숙이지 않고
병상만 옮겨 다녔다

그의 비명이 땅을 울릴 때 끝도 시작도 없는
벌판을 달렸지만 줄지 않았다
자신이 틀어쥔 밧줄을 놓치지 않으려고
줄 다려 보았어도 밧줄은 아무차도 없이
그냥 천정에 삽화를 그렸다

그림은 수묵화보다는 잔잔한 문인화가 더 좋아
높은 지능으로 가는 길 위에 비문을
심도 있게 새겨 넣었지만 반 평의 병풍 위로
떠오른 성자의 손은 성경에
붉은 무지개는 타올랐다

날이 갈수록 후회 없이 독기 빠진 눈물은
그 눈물은 흘리지 않겠다 다짐했다
밖에서 들려온 명고鳴鼓의 촛불을 밝히는 오후

광화문을 향한 발걸음엔 붉은 무지개가 켜지자

창밖은 얼마나 춥냐고 물었다

— 「붉은 무지개」 전문

　독한 지린내가 풍기는 세상에서 시인은 "자신을 위로하
며 잘 살겠노라 다짐"한다. 토요일만 되면 광화문을 무섭
게 달구는 촛불들의 아우성과 거리를 두며 사는 삶을 과연
잘 사는 삶이라고 할 수 있을까? 시인은 마음속에서 울리는
북소리를 똑똑히 듣는다. 자신을 위로하는 삶에 연연할수
록 마음 깊은 곳에 새겨진 통증은 점점 더 심해진다. 시인은
"그의 내장 속에는 무지개가 붉게 섰다."라는 진술로 이 상
황을 표현한다. 끝도 시작도 없는 벌판을 달려도 가슴 속 통
증은 줄어들지 않는다. 추악한 세상에 섞이지 않고 그저 묵
묵히 제 길을 걸으려는 시인의 이 마음을 우리는 어떻게 받
아들여야 할까? 시인은 가압류나 가처분이 없는 행복한 세
상(「가압류」)을 소망한다. 가압류나 가처분이 횡행하는 사
회는 제도로 우리네 삶을 얽어맨다. 인간이 만든 제도가 도
리어 인간의 삶을 억압한다고나 할까.

　시인은 "자신이 틀어쥔 밧줄"이 천정에 그리는 삽화를 묵
묵히 바라본다. "높은 지능으로 가는 길 위에" 밧줄은 심도
있는 "비문"을 새긴다. 시인은 지금 마음 속 고통을 참아내
며 밧줄을 틀어쥐고 있다. 밧줄을 놓치면 자신을 위로하는
삶을 살 수 없다. "높은 지능"이라는 시구에 표현되는바 그
대로 시인은 타락한 세상을 넘어서는 새로운 세계를 꿈꾸
고 있다. 그러려면 무엇보다 온몸을 아프게 하는 "붉은 무
지개"부터 없애야 한다. 이리저리 병상을 옮기고, 드넓은

벌판을 달려도 "붉은 무지개"는 여전히 꼿꼿한 자세를 풀지 않는다. 그러기는커녕 천상의 밧줄을 움켜쥔 시인을 자꾸만 이 세상으로 끌어내린다. 시인은 높은 지능으로 가는 길 위에 새겨진 비문에서 활활 타오르는 "붉은 무지개"를 발견한다. 붉은 무지개는 가차 없이 밧줄을 태워버린다. 밧줄이 탄 자리에서 붉은 무지개가 타오른다. 홍윤표의 시는 어찌보면 이러한 붉은 무지개를 온몸으로 수용하는 과정에서 피어나는지도 모르겠다.

시인은 "열악한 마음"을 가로지르는 "붉은 무지개"를 "밖에서 들려온 명고鳴鼓의 촛불"과 잇고 있다. 붉은 무지개가 안에서 피어오르는 불꽃이라면, 촛불은 밖에서 울리는 북소리라고 할 수 있다. 불꽃과 북소리가 어울린 자리로 새로운 세상을 꿈꾸는 사람들이 하나둘 모이기 시작한다. 시인은 촛불을 들고 광화문에 모인 사람들의 모습에서 거침없이 타오르는 "붉은 무지개"를 본다. 마음 속 통증을 품은 채 사람들은 북소리를 울리며 광장으로 모인다. 그들은 "사고 내고도 흐느낌없는 뻔뻔한 범죄자의 손과 발"(「고독한 삶의 통고서」)을 향해 거대한 저항의 연대를 형성한다. 개별적으로는 힘이 없는 시민들이 모여 막강한 권력을 위협하는 커다란 힘을 내보인다. 무엇이 시민들로 하여금 촛불을 들고 광장에 모이게 했을까? 시인은 "붉은 무지개"로 이어진 약자들의 연대를 이야기하고 있다. 병원에서 치료할 수 없는 통증을 광장에 모여 스스로 치유하는 촛불의 풍경이 참으로 아름답지 않은가.

공간은 따뜻하다

따뜻함은 행복이다
촛불이 켜지고 램프등이 은은하게
비었던 공간을 밝히니 주눅 들었던
공간도 숲처럼 아늑하다
이른 아침 창살을 비켜 햇살이 내린다
햇살은 빈 공간을 채워주는 주인이다
공간은 사색의 시간을 섬긴다
사색은 마음에 그림을 그린다
그려진 그림은 한 폭의 추상화다
눈에 익은 추상화는
누구의 작품이냐 묻기 전에
공간은 빛이라 설교한다
그래서 넌 행복한 공간의 빛이다
　　― 「공간은 빛이다」 전문

　공간空間은 비어 있는 곳이다. 비어 있는 '공간'을 시인은 "따뜻하다"는 감각언어로 표현한다. 아무것도 없는 공간이 어떻게 따뜻해질 수 있는 것일까? "촛불이 켜지고 램프등이 은은하게 비었던 공간을 밝히니"에 그 해답이 나와 있다. 비어 있는 공간은 무언가로 채워지는 순간 따뜻한 공간으로 변한다. 촛불과 램프등이 은은하게 감도는 공간을 시인은 "공간도 숲처럼 아늑하다"라는 구절로 표현한다. 숲은 온갖 생명들로 가득 차 있다. 헤아릴 수 없이 많은 생명들이 공간에 모여 숲을 이룬다. 가득 찬 숲 이전에 비어 있는 공간이 있다. 비어 있는 공간이 있어야 생명들로 가득 찬 숲이 이루어질 수 있다. 시인이 공간에 주목하는 이유는 여기에 있다. 공간은 스스로를 비움으로써 수많은 생명들로 가득 찬 세계를 만들어낸다. 비워야 채울 수 있는 이치를 공간은 서슴없이 실현한다.

'공간은 빛이다'라는 시 제목에 암시된 대로, 시인은 보이지 않는 빛으로 아늑한 세상을 꾸미는 공간에 주목한다. 텅 빈 공간과 보이지 않는 빛이 하나로 어울리는 세상을 상상해 보라. 이른 아침 창살을 비켜 내리는 햇살을 보며 시인은 "빈 공간을 채워주는 주인"을 떠올린다. 공간은 제 몸으로 들어오는 빛=생명을 거부하지 않는다. 햇살이 들어오면 온몸으로 햇살을 맞이하고, 촛불이 켜지면 온몸으로 그 불빛을 맞이한다. 시인은 상상으로 공간에 그림을 그린다. 아무것도 없는 공간에 "한 폭의 추상화"가 점점이 채워진다. 추상화라고 했지만 사실은 "눈에 익은 추상화"이다. 빛으로 그려낸 추상화에서 시인은 "행복한 공간의 빛"을 보고 있다. 텅 빈 공간에서 행복한 마음을 길어 올리는 이 마음으로 시인은 공간을 채운 수많은 생명들을 들여다본다. 거기에는 "제 몸 살리는 사람들 먹이로/ 건강한 곳간에 들어 삶을 읽는 동지들"(「가지꽃 옆에서」)이 있고, "무리져 행복하게 물질하며 삶을 묻는" 꼬마 물새떼(「꼬마 물새떼」)가 있다.

비어 있는 공간으로 스며든 빛은 이렇게 다양한 생명들로 화하여 생명이 곧 주인이 되는 새로운 세계를 만들어낸다. 「바다 안의 작은 꿈」을 참조한다면, 이 세계는 "머물 장소라곤 한 자리도 없고 시간도 없"는 장소로 뻗어 나간다. 시인은 "없다는 건 무소유가 아닌 소유의 욕망을 버린 거다"(같은 시)라고 쓰고 있다. 파도는 파고를 높여 집 한 채를 짓고는 이내 허물어진다. 파도에게는 무소유라는 관념이 없다.

파도는 애초부터 소유하지 못할 집을 짓고 있다. 소유가 있어야 무소유라는 관념이 있을 게 아닌가? 소유의 욕망을 버린 파도의 마음을 시인은 꼬마 물새떼(「꼬마 물새떼」)에게서도 본다. 꼬마 물새떼의 "둥지는 모래자갈 벌판이 전부"다. "자갈밭에 집을 짓고 자갈밭에 알을 낳는" 자유로운 삶은 삶터를 소유하지 않는 마음에서 비롯된다. 시인은 공간을 자유로이 풀어놓아야 삶 또한 자유로울 수 있다고 말한다. 공간을 나눠 소유의 대상으로 만들어버린 인간과는 다른 삶을 자연 속 생명들은 살아가고 있는 셈이다.

고향 없는 삶은 없다
고독한 화면 위에서 늦은 시간에
녹화된 젊은 연어를 본다
민물과 바다가 만나는 위기의 시간들
미칠 듯 요동친다, 노래도 없고 가락도 없는
건반 위에 몸을 태우는 가난한 작별의 용트림
연어는 목숨을 건다
거센 물결에 타오르는 정열
시간이 갈수록 옷을 벗고 비늘을 벗고
몸까지 다 벗어 안타까운 이별이다
온몸을 비우는 육신, 오늘은 바다가 밉다
연어는 오늘도 내 생을 다해 자식을 위해
몸부림치는 모습 안타까움이다
고향을 찾는 건 아픔보다 아름다운 기억이다
고향을 버린 이는 올바로 길을 갈 수 없다
행복이 없으니 인생도 없다

운명보다 숙명은 어느 쪽이 먼저일까
싸울 일 없다, 저버린 가방을 들고
후회없이 두고 온 고향을 되찾는다
나그네는 삶을 모른다
슬퍼도 슬프다말고 고독한 테이프는 멈추어라
녹화된 그리움은 죽은 삶을 되살린다.
— 「고향 없는 삶은 없다」 전문

　연어는 알을 낳기 위해 태어난 곳으로 회귀한다. "민물과 바다가 만나는 위기의 시간들"을 견딘 연어만이 고향으로 돌아와 알을 낳을 수 있다. 민물과 바다를 오가며 파란만장한 삶을 펼친 연어가 고향에 돌아오는 이유는 무엇일까? '본능'이라는 말 말고는 목숨을 건 연어의 여행을 설명할 수 없다. 고향은 우리네 삶이 시작된 뿌리라고 할 수 있다. 고향을 떠나 살 수는 있어도, 고향이 없는 삶은 있을 수 없다. 삶의 뿌리가 흔들릴수록 우리는 애절한 마음으로 고향을 떠올린다. 민물에서 태어난 연어는 바다로 나갔다가 산란기가 되면 본능적으로 민물로 거슬러 올라간다. 다음 세대를 낳기 위해 민물로 돌아오는 연어의 생태가 참으로 묘하지 않은가? 고향은 삶과 죽음이 하나로 이어진 공간이다. 고향을 떠난 사람도 죽을 때가 되면 어김없이 고향 땅에 묻힐 꿈을 꾼다. 태어난 땅에 뼈를 묻으려는 이 마음으로 우리는 삶과 죽음이 하나로 어우러진 세상을 꿈꾸는지도 모를 일이다.
　"고향을 버린 이는 올바로 길을 갈 수 없다"는 시인의 진술은 정확히 이 지점에 걸려 있다. 고향을 버린다는 건 삶과 죽음이 어우러진 근원을 부정하는 것과 다르지 않다. 생명의 근원을 부정하고 어떻게 올바른 길을 갈 수 있을까? 바다에서 민물로 올라오며 연어는 "시간이 갈수록 옷을 벗고 비늘을 벗고/ 몸까지 다 벗"는다. 연어에게 고향으로 회귀하는 길은 말 그대로 '목숨을 건 도약'을 방불케 한다. 바다에서 얻은 은빛 몸에 집착하면 고향으로 돌아가는 길은 이내 막혀버린다. 연어는 바다가 준 몸을 기꺼이 털어내고 온갖 위험이 도사린 여행길로 거침없이 오른다. 다음 세대를 낳기 위해 목숨을 거는 이 숭고한 여행을 보며 시인은 부모 세대에서 자식 세대로 이어지는 "아름다운 기억"을 발견한다. 부모 세대가 남긴 고향을 기억함으로써 자식 세대는 새로운 삶으로 들어서는 길을 연다. 바로 이 길을 통해 한 세대의 죽음(삶)은 다음 세대의 삶(죽음)으로 자연스레 이어지는 것이다.

연어는 민물과 바다를 오가며 삶과 죽음이 하나로 이어진 생의 리듬을 펼친다. "녹화된 그리움은 죽은 삶을 되살린다."는 진술에 나타나는바, 생명은 제 몸에 본능처럼 새겨진 그리움으로 죽은 삶에 생명을 불어넣는 기적을 연출하는지도 모른다. 근원을 향한 그리움만큼 강렬한 것이 어디에 있을까? 시인의 말마따나 "나그네는 삶을 모른다". 고향을 저버린 나그네는 근원에 연연하지 않는다. 근원으로서 고향은 "아름다운 기억"과 이어져 있다. 세대에서 세대로 이어지는 이 기억을 공유함으로써 사람들은 죽은 삶을 끊임없이 되살리는 시간을 살게 된다. 나그네는 무엇보다 이러한 공유된 시간으로부터 멀찌감치 벗어나 있다. 기억이 없는 삶이라고 표현하면 어떨까? '자유'라는 허명 속에 드리워진 나그네의 삶을 시인은 오래된 기억의 이름으로 다시금 들여다보는 것이라고 하겠다.

　근원으로 거슬러 올라오는 연어와 근원으로부터 한사코 벗어나려 하는 나그네는 이 시대를 사는 사람들이 지닌 두 얼굴이라고 할 수 있다. 정확히 말하면 지금 우리는 나그네의 시선으로 자연을 바라본다. 자연은 모든 생명이 젖줄을 대고 있는 고향=근원이다. 그런 자연을 인간은 문명의 이름으로 파괴하고 있다. 인간은 더 이상 "들꽃의 설레임"(「들꽃의 설레임」)을 느끼지 못한다. 눈꽃처럼 흠뻑 익어가는 구절초 꽃(「구절초 꽃길에서」)을 보지도 못하고, 속삭이듯 퍼지는 아침의 향기(「아침의 향기」)를 몸속 깊이 빨아들이지도 못한다. 자연과 교감을 잃은 채 현란한 문명 이미지에 매혹당한 사람들은 자연을 생명이 살아 숨 쉬는 삶터로 받아들이지 않는다. 자연이라는 근원을 공유하는 존재로서 생명을 바라보는 시선은 이제 시인의 전유물이 되어버렸다. 자본의 변방으로 내몰린 시인이 자본과 맞싸우는 전사戰士로 돌아오는 이 역설이 정말로 재미나지 않는가.

　　다 털린 은행나무 사이로
　　눈발이 내리는데
　　꽃이 아니고 그건 시詩였다

　　흐른 세월들 물이랴 바람이랴
　　향나무 나이테에 향내음 맡으며
　　호숫가에 걸린 빈 뱃전에
　　풀잎의 노래를 보낸다

꺾을 수 없는 태양의 오름
이미 체온을 녹이는 해돋이라 하지
무리하지마라 네가 걸어온
세월을 탓하는 건 못된 말 장난꾼들

청춘을 원망하거나 미워하지 말아야지
천지에 흐느끼는 사계절의 바람들
견디지 못하고 눈물 흘리는 풀잎
너는 풀잎이 되지 못한다
　　― 「눈물 흘리는 풀잎」 전문

　하늘을 향해 앙상하게 가지를 뻗은 은행나무 사이로 눈이
내린다. 물처럼 바람처럼 흐르는 시간을 은행나무는 지금
이 자리에서 견디며 살아왔다. 봄이 오면 싹을 틔웠고, 여
름이 오면 무성한 잎을 드리웠으며, 가을이 오면 노랗게 잎
을 물들였다. 그리고 어김없이 찾아온 이 겨울에 은행나무
는 제 몸에 서늘하게 닿는 눈발을 꽃인 듯 느끼며 가만히 서
있다. 시인은 은행나무에 서린 삶에서 시詩를 본다. "천지
를 흐느끼는 사계절의 바람들"을 맞으면서도 은행나무는
바람을 원망하지 않는다. 원망하기는커녕 은행나무는 기꺼
운 마음으로 바람을 몸속 깊이 받아들인다. 바람이 있어 은
행나무는 잎을 피웠고, 바람이 있어 은행나무는 노랗게 잎
을 물들였다. 바람이 은행나무의 삶을 낳았다고나 할까?
바람만 그런 게 아니다. 때가 되면 어김없이 떠오르는 태양
이 있기에 은행나무는 땅 속 깊이 뿌리를 내리고 온몸으로
꽃을 피울 수 있었다.

흐르는 시간에 서려 있는 아픔을 모르는 사람들이 자꾸만 세월을 탓한다. "세월을 탓하는 건 못된 말 장난꾼들"이라고 시인은 이야기한다. 헐벗은 몸으로 한겨울을 나는 은행나무는 결코 세월을 탓하지 않는다. 겨울을 견디면 봄이 온다. 시간이 흘러 겨울이 왔지만, 다시 시간이 흐르면 겨울이 가고 봄이 온다는 걸 은행나무는 잘 알고 있다. 은행나무는 그래서 눈이 내리면 온몸으로 눈을 맞는다. 이것을 은행나무가 펼치는 운명론으로 읽을 필요는 없다. 시인은 은행나무를 통해 변치 않는 운명을 말하고 있는 게 아니다. 정작 시인은 사계절의 바람을 "견디지 못하고 눈물 흘리는 풀잎" 앞에 운명을 감내함으로써 운명을 거스르는 은행나무를 내놓고 있다. 생명은 시간을 거스를 수 없다. 시간 밖으로 나아갈 수도 없다. 시간을 견디지 못하고 눈물을 흘리면 "너는 풀잎이 되지 못한다"고 시인은 강조한다. 풀잎이 되려면 시간을 견뎌야 한다. 시간을 견디는 생명만이 시간을 거스를 수 있다.

「눈꽃의 단상」에서 시인은 계절을 모르고 사는 사철나무 위에 핀 눈꽃에 주목한다. "한나절 지나면 상서로운 햇살에 못 이겨/ 고요의 강이 되고 말" 눈꽃이지만, 시인은 속절없이 스러질 눈꽃의 운명에서 "고독을 녹이는 일"을 엿보고 있다. 눈꽃의 고독은 "종착역인 땅에서 온갖 꽃 피울 몸부림"과 연결되어 있다. 햇살을 못 이긴 눈꽃은 허기진 물거품이 되어 땅속으로 스며든다. 시인은 한겨울에 피어난 눈꽃에서 "향기 짙은 백합"이 피어나는 순간을 보고 있다. 눈꽃이 백합으로 변주되는 시간에는 한 시절의 고독을 녹이는 눈꽃의 정념이 깃들어 있다. 눈꽃은 보이지 않는 땅속에서 한 송이 꽃을 피우기 위해 몸부림친다. 시간을 통해 시간을 거스르는 눈꽃은 땅속 깊이 뿌리를 박고 온몸으로 시간을 견디는 은행나무를 빼어 닮았다. 시인의 말마따나, 바람을 견디는 풀잎만이 비로소 풀잎이 될 수 있다.

이런 맥락에서, 홍윤표가 그리는 시 세계는 "담장 없는 광활한 바다에 엎드려 세상을 캐는 어머니"(「어머니의 바다」)의 모습과 상당히 비슷해 보인다. 어머니에게 드넓은 바다는 고된 세상과 다르지 않다. 고된 일상이 펼쳐질 걸 알면서도 어머니는 바다로 나가 '행복'을 캔다. "자식들에게 손 벌리지 않으려고/ 바다를 캔다는 어머니"에 나타나듯, 어머니는 오로지 자식을 위해 바다로 가는 길을 놓지 않는다. 어머니의 바다는 분명 '미국선녀벌레'가 활개를 치는 적막한 들판(「들판이 적적하다」)과는 다른 생명력을 내보이고 있다. 어머니는 드넓은 바다 앞에서 한없이 겸손하다. 바다가 허락하지 않는 일을 어머니는 절대로 벌이지 않는다. 가을이 와도 거둘 게 없는 적막한 들판에 사는 근대인은 이러한 어머니의 길을 따르지 않는다. 그들은 자연과 맞서 싸워 어떻게든 자연을 정복하려고 한다. 어머니의 길이 사랑과 이어져 있다면, 근대인의 길은 폭력과 이어져 있는 셈이다.

신비한 흐름의 삶이 이유를 묻는다
물의 정거장을 집 삼아 사는 이유 때문에
계곡은 여전히 쓸쓸하지 않다
언제나 외롭지 않다

돌 틈새이건 물풀 틈새건
사이사이에 풀을 붙이고 알을 낳고
새끼를 까는 길 잃은 생물들
물새도 박새도 다름질이다

물틈과 돌틈 사이에
운집한 물의 정거장에서
지구는 무소유의 철학을 가르쳤다

배우지도 않고 가르쳐주지 않아도
사리를 잘 알아 체득하는 물가의 생물들
오늘도 작가는 카메라 끝에 돈을 부치고
삶의 고충을 투자한다

물꼬를 터 길을 내는 저어새의 동작과
좌우로 흔드는 미망의 콧등
물가에서 바이킹을 타며
홀로서기 했다.
　　— 「물의 정거장」 전문

　물의 정거장은 자본의 광장에서 내쫓긴 생명들로 가득
차 있다. 돌 틈새에, 물풀 틈새에 "풀을 붙이고 알을 낳고/
새끼를 까는 길 잃은 생명들"을 보며 시인은 지구가 실천
하는 "무소유의 철학"을 비로소 이해한다. 물의 정거장을
집으로 삼아 사는 생명들로 해서 "계곡은 여전히 쓸쓸하지
않다/ 언제나 외롭지 않다". 계곡은 정거장을 만들어 자본

이 거부한 생명들을 온몸으로 받아들인다. 지구가 펼치는 무소유의 철학은 무엇보다 무한한 소유에 집착하는 자본의 논리를 비판적으로 사유하는 데서 비롯된다. 지구가 딱히 물가의 생물들에게 무소유의 철학을 가르쳐 준 게 아니다. 물의 정거장에 들어온 생명들은 배우지 않고도 무소유의 사리를 체득한다. 어떻게 이럴 수 있는 것일까? 물의 정거장은 자본이 만든 세상처럼 생명을 차별하지 않는다. 자본은 이익이 되는 생명만 광장으로 받아들인다. 자본 증식에 필요 없는 생명이 머물 자리를 자본은 애초부터 구상하지 않은 셈이다.

물의 정거장에 집을 장만한 생명들이 무소유를 실천하는 삶을 살고 있다면, 자본 논리에 젖은 사람들은 오늘도 "카메라 끝에 돈을 부치고/ 삶의 고충을 투자"하기 위해 물의 정거장을 찾는다. 자본은 경쟁 논리를 중시한다. 경쟁에서 이긴 사람만이 자본이 세운 피리미드의 끝에 올라설 수 있다. 자본이 선전하는 '아름다운 미래'는 경쟁하는 타자들을 밟고 일어서는 사람들에게만 열려 있다. 그들은 물의 정거장에서 이루어지는 "신비한 흐름의 삶"을 애써 무시한다. 경쟁사회를 사는 이들은 그래서 늘 사람들과 섞여 살면서도 한없이 외로워한다. 돈을 얻은 대가로 인간의 마음을 잃어버린 격이라고나 할까? 자본은 돈이 있으면 모든 일을 할 수 있다고 선전한다. 돈이 곧 권력인 세상이니 그른 말도 아닐 것이다. 하지만 앞만 보고 달리는 자본에게는 치명적인 약점이 있다. 등 뒤에서 펼쳐지는 신비한 삶을 보지 못한다는 것.

시인은 "물꼬를 터 길을 내는 저어새의 동작"을 유심히

관찰하고 있다. 물꼬가 터져도 저어새는 함부로 달려들지 않는다. "좌우로 흔드는 미망의 콧등"에 암시된 대로, 저어새는 잠깐 일을 멈추고 자신이 벌인 일을 가만히 들여다본다. '동작'과 '미망' 사이에서 바이킹을 타며 홀로서기를 하는 저어새의 모습에서 시인은 사유의 언어를 들고 자본이 만든 세계와 마주하고 있는 시인을 발견한다. 시인은 지금 자본의 광장과 물의 정거장 사이를 서성인다. 가압류와 구조조정이 지배하는 광장에 한 발을 디딘 채로 시인은 물의 정거장에서 펼쳐지는 신비한 삶을 안타까운 시선으로 바라보고 있다. 지금 이 사회의 자본은 막강한 힘으로 바깥 세계로 그 영역을 넓히고 있다. 자본은 이제 등 뒤에서 일어나는 신비한 삶에도 관심을 기울이기 시작했다. '문화자본'이라는 말에 새겨진 역설을 곰곰이 생각해 보라.

「풀꽃을 사랑하지만」에 나타나는 대로, 시인은 풀꽃을 사랑하는 마음만으로 자본을 허무는 건 불가능하다는 사실을 잘 알고 있다. 이 시대의 자본은 시인들이 그리는 신비한 삶마저도 끌어안을 수 있는 넉넉한(?) 품을 지니고 있다. 자본을 벗어나면 죽음이 도래하는 사회에서 시인은 왜 자본이 가는 길과는 다른 시의 길을 걷고 있는 것일까? "문제를 해독할 수 없어/ 그대로 여기 머문다."(「풀꽃을 사랑하지만」)라고 시인은 쓰고 있다. 문제를 해독하려고 시인은 시를 쓰는 게 아니다. 시인은 풀꽃이 있는 곳에 머물기 위해 시를 쓴다. 풀꽃이 내보이는 신비한 리듬에 온몸을 내맡김으로써 시인은 풀꽃을 온전히 이 세상으로 불러들이는 시작詩作을 구현한다. 홍윤표의 시는 이리 보면 풀꽃 곁에서 풀꽃의 리듬을 기꺼이 따르는 존재가 그리는 생명 노래라고 할 수 있다. 적적한 들판(「들판이 적적하다」)을 들썩이게 하는 풀꽃의 리듬으로 시인은 자본이 세운 나라를 일깨울 상상의 힘을 찾고 있는 것이다.

홍윤표

홍윤표洪胤杓 시인은 1950년 인천에서 출생 후 충남당진에서 자랐다. 당진초교, 한국방송대와 경희대행정대학원을 졸업했다. 1990년 『문학세계』, 『농민문학』, 『시조문학』에서 시인으로 등단했고, 월간 『소년문학』 신인상 당선 아동문학가이며, 『계간 詩眼』에 시발표 후 작품활동을 시작했다. 시집으로 『겨울나기』, 『학마을』, 『바람처럼 이슬처럼』, 『꿈꾸는 서해대교』, 『삼청동 까치집』, 『위대한 외출』, 『당진시인』 등이 있고 시조집으로 『아미산 진달래야』, 『어머니의 밥』이 있다.
홍윤표 시인의 14번째 시집인 『붉은 무지개』는 "열악한 마음"을 가로지르는 "붉은 무지개"를 "밖에서 들려온 명고鳴鼓의 촛불"과 잇고 있다. 붉은 무지개가 안에서 피어오르는 불꽃이라면, 촛불은 밖에서 울리는 북소리라고 할 수 있다.
문학상으로는 초부향토문화상, 옥로문학상, 충남문학대상, 정훈문학상, 문학세계문학상, 세계시문학대상, 아시아서석문학상, 한국공무원문학대상, 황희예술문학대상, 국제문학예술상, 당진문화재단 이 시대의 문학인선정 등을 수상했다.
문학단체활동은 한국문인협회자문위원, 국제펜한국본부이사, 한국시인협회, 세계시문학회이사, 한국농민문학이사, 한국문예학술(음악)저작권협회, 충남시인협회심의위원이며 당진문협지부장 역임, 현 당진시인협회장, 호수시문학고문으로 작품 활동한다.
당진시청 행정공무원(행정사무관) 정년 후 부인이 경영하는 산호미용실에서 일 도우며 시창작에 전념한다.

이메일 : sanho50@hanmail.net / H.P : 010-7434-3844

홍윤표 시집

붉은 무지개

발   행 2019년 7월 10일
지 은 이 홍윤표
펴 낸 이 반송림
편집디자인 김지호
펴 낸 곳 도서출판 지혜 · 계간시전문지 애지
기획위원 반경환 이형권 황정산
주   소 34624 대전광역시 동구 태전로 57, 2층 도서출판 지혜 (삼성동)
전   화 042-625-1140
팩   스 042-627-1140
전자우편 ejisarang@hanmail.net
애지카페 cafe.daum.net/ejiliterature

ISBN : 979-11-5728-357-6 03810
값 9,000원

* 이 시집은 2019년 충청남도 · 충남문화재단에서 사업비 일부를 지원받아 발간되었습니다.